# DON CARLOS

## FILS DE PHILIPPE II

(DANS LES ŒUVRES DE SAINT-RÉAL, D'OTWAY, D'ALFIERI, DE SCHILLER
ET DE M. NUÑEZ DE ARCE)

PAR

## M. A. DE TRÉVERRET

Extrait des *Actes de l'Académie des Sciences, Belles-Lettres et Arts de Bordeaux*
(2e fascicule de 1882 et 1883 : 44e année).

BORDEAUX

IMPRIMERIE G. GOUNOUILHOU

11, RUE GUIRAUDE, 11

1883

# DON CARLOS

## FILS DE PHILIPPE II

(DANS LES ŒUVRES DE SAINT-RÉAL, D'OTWAY, D'ALFIERI, DE SCHILLER ET DE M. NUÑEZ DE ARCE)

Par M. A. DE TRÉVERRET

L'étude qu'on va lire est plus littéraire qu'historique. Je ne cherche pas ce que fut en réalité D. Carlos, fils de Philippe II (1), mais quelles aventures et quel caractère un historien romanesque et quatre poètes lui ont successivement attribués. Ces cinq écrivains se sont plu à concevoir et à peindre sa figure; ils ont voulu intéresser à lui l'imagination et le cœur des hommes. Jusqu'à quel degré et par quels moyens y ont-ils réussi? C'est la question que je m'efforcerai de résoudre, en tenant compte du temps où ils vécurent et des influences qu'ils subirent.

## I

La mort mystérieuse de l'infant D. Carlos, en l'année 1568, avait, chez les contemporains, suscité bien des hypothèses et bien des jugements divers. Suivant Bran-

---

(1) Consultez sur l'histoire authentique de D. Carlos : Rosseew Saint-Hilaire, *Hist. d'Espagne*, t. VIII, p. 391-412. — Sainte-Beuve, *Nouveaux Lundis*, t. V, p. 281-307. — La Fuente, *Hist. gen. de Esp.*, t. VII (éd. écon.) p. 158-195. — Forneron, *Hist. de Phil. II*, t. II, p. 103-130.

tôme, ce D. Carlos était un *terrible mâle*, un peu fou, un peu mal tourné, brutal et même barbare envers les femmes, mais qui, avec l'âge, aurait pu régler ses passions, mettre du plomb dans sa cervelle et devenir un glorieux monarque (¹). Suivant de Thou, D. Carlos était sorti un jour de la chambre royale en se plaignant que son père lui eût enlevé Élisabeth de Valois, sœur de Charles IX (²). Les deux historiens convenaient que D. Carlos avait voulu, malgré la défense de Philippe, se rendre dans les Pays-Bas, et qu'emprisonné pour ce fait, il était mort sans qu'on sût au juste de quelle manière.

Soixante ans plus tard (1672), l'abbé de Saint-Réal publie sur ce sujet, si mal éclairci, une nouvelle historique intitulée *D. Carlos* (³). Dans sa préface il cite vingt et un auteurs de toutes nations, qu'il a consultés et dont quelques-uns sont très sérieux. Du reste, point de discussion, point de doute exprimé; Saint-Réal raconte les amours et les infortunes de D. Carlos avec toute la hardiesse et la complaisance d'un romancier.

Le prince espagnol devient, sous sa plume, un personnage remarquable et très digne qu'on l'aime. Sa beauté n'est pas régulière, mais ses yeux sont superbes, sa physionomie mobile et pleine de feu (⁴). Généreux et vaillant, il suffit qu'on ait de la vertu pour lui inspirer de l'intérêt (⁵); aussi promet-il sa protection aux Flamands si mal gouvernés et si méconnus par son père. Dans son enfance il a été chéri de Charles-Quint, qui fondait sur lui de grandes espérances (⁶). Après la mort de cet empe-

---

(¹) Brantôme : *Vies des grands capitaines*, c. 55.
(²) De Thou : *Hist. L.*, 43, c. 8.
(³) *Œuvres de Saint-Réal*, t. III, p. 339-450.
(⁴) Saint-Réal, t. III, p. 350.
(⁵) *Ibid.*, p. 398.
(⁶) *Ibid.*, p. 371.

reur, l'Inquisition veut faire le procès à sa mémoire; elle l'accuse d'avoir penché vers les hérétiques et même laissé un testament empreint d'indifférence ou d'éloignement pour l'orthodoxie. D. Carlos s'indigne d'entendre attaquer le glorieux souvenir de son aïeul, et par ce seul motif, il déteste l'Inquisition qui lui rend sa haine avec usure. Du reste, il n'a jamais entendu parler des idées nouvelles, et ni Luther ni Calvin n'occupent sa pensée ($^1$).

Élisabeth de Valois est son idole. Très jeune encore, il lui fut fiancé et reçut son portrait. En contemplant cette image, il s'éprit d'amour et hâta de ses vœux les plus impatients l'heure où la ravissante princesse lui serait amenée ($^2$). Malheureusement Philippe II devint veuf et jugea meilleur, pour sa politique et pour son bonheur personnel, d'épouser lui-même en troisièmes noces la fiancée de son fils. A en croire Saint-Réal ($^3$), « D. Carlos fut » d'abord sssez maître de lui pour empêcher que personne » ne pût connaître la douleur que cette détermination lui » causa; mais la violence qu'il se fit lui coûta cher quand » il fut seul. Tout ce que l'amour et la rage peuvent ins- » pirer lui passa dans l'esprit. Insensiblement, il est vrai, » son désespoir se changea en mélancolie; mais il mena » une vie retirée qui le rendit odieux au roi son père, » parce que Philippe II, jugeant de son fils par lui-même, » attribua le changement de ce jeune prince à quelque » impatience de régner. »

Élisabeth, suivant l'auteur français, partage les senti- ments de celui qui lui fut promis. La première fois que leurs regards se rencontrent, ils sont émus, attirés l'un vers l'autre, et cherchent l'occasion de se dire tout ce

---

($^1$) Saint-Réal, t. III, p. 434.
($^2$) *Ibid.*, p. 344.
($^3$) *Ibid.*, p. 346.

qu'ils éprouvent. Sous les orangers dont Saint-Réal sème libéralement les jardins du couvent de Yuste, la reine et son beau-fils échangent les plus tendres aveux et se séparent sans avoir commis d'autre faute (1) que ces aveux mêmes. Plus tard, D. Carlos étant malade des suites d'une chute de cheval, la reine lui écrit une lettre toute pleine d'affection et de douleur (2). Mais, comprenant le péril d'entrevues trop fréquentes et ne voulant jamais trahir son devoir, elle engage vivement D. Carlos à quitter l'Espagne et à se rendre dans les Pays-Bas (3). « Le » prince, dont l'inclination naturelle avait été suspendue » jusqu'alors par la violence de son amour, conçut à ce » discours, nous dit Saint-Réal, une honte extrême de » n'avoir encore rien fait pour la gloire (4). » Aussi, quoi-qu'il lui en coûte de renoncer à vivre près de sa reine bien-aimée, près de son enchanteresse, il se décide à demander à son père le commandement des Pays-Bas, promettant, sur sa tête, de soumettre les mécontents. Ruy-Gomez, le duc d'Albe, le roi même ne veulent pas l'y envoyer (5); furieux de ce refus, D. Carlos, dont toutes les passions sont violentes (6), se tient prêt à la fuite, à la désertion, à la révolte.

Saint-Réal, écrivant en 1672, dessine son héros suivant le modèle épique que Boileau traçait à la même époque (7).

> Achille déplairait moins bouillant et moins prompt;
> J'aime à lui voir verser des pleurs pour un affront.

(1) Saint-Réal, t. III, p. 355-359.
(2) *Ibid.*, p. 375-377.
(3) *Ibid.*, p. 400.
(4) *Ibid*, p. 398.
(5) *Ibid.*, p. 401-402.
(6) *Ibid.*, p. 385.
(7) V. *Art poétique*, ch. III, v. 105-106. *L'Art poétique* parut en 1674, mais il fut commencé en 1669.

Don Carlos tout enfant, nous dit son romanesque biographe, préférait mourir plutôt que de s'excuser quand il avait commis une faute; et si son père lui adressait une réprimande, la fièvre le prenait aussitôt ([1]).

Saint-Réal n'oublie pas non plus de marquer quelques petits défauts dans la peinture de son principal personnage; défauts auxquels, suivant l'auteur de l'*Art poétique* ([2]),

L'esprit avec plaisir reconnaît la nature.

D. Carlos a un tort, excusable chez un jeune homme épris d'une seule beauté; il méprise toutes les autres, et il le laisse voir; le jour où la princesse d'Eboli tente de le séduire, il la repousse avec une horreur impitoyable, et s'en fait une ennemie qui va l'espionner, le dénoncer, le perdre sans retour ([3]).

L'infant ne manque pas d'envieux ni d'émules à la cour d'Espagne. Son oncle D. Juan, qui aime assez la reine, ne serait pas fâché d'écarter un tel rival; Ruy Gomez et le duc d'Albe, usurpant la faveur du roi, se plaisent à en exclure son fils, et comme malgré la surveillance inquiète de Philippe II, des factions se forment dans le palais, et que l'influence étrangère y pénètre, D. Carlos pourrait bien un jour être victime de ces mouvements contraires, se trouver enveloppé, comme diraient les Cartésiens, dans un de ces tourbillons d'intrigue.

La reine Élisabeth est demeurée très française ([4]); elle sympathise avec les Flamands qui s'agitent ([5]), avec les princes d'Albret qui réclament la Navarre ([6]), et par son

([1]) Saint-Réal, t. III, (éd. de 1745,) p. 385-387.
([2]) *Art poét.*, ch. III, v. 107-108.
([3]) Saint-Réal, t. III, p. 361-363.
([4]) *Ibid.*, p. 394.
([5]) *Ibid.*, p. 401.
([6]) *Ibid.*, p. 378-381.

absolu pouvoir sur D. Carlos, elle l'amène, sans lui en rendre compte, à servir l'intérêt de la France et de ses alliés. Saint-Réal se complaît à mêler aux amours toute cette politique que notre XVII$^e$ siècle y avait unie du temps de Richelieu et de la Fronde. Il rentre ainsi, ou se donne l'air de rentrer dans son domaine et son rôle d'historien ; de plus il varie ses tableaux, présente à l'esprit des idées diverses, rend même son récit plus vivant et plus vraisemblable; car enfin les souverains, les princes, les seigneurs ne peuvent être tout entiers à l'amour ; leurs passions privées se rattachent souvent à quelque manège ou à quelque intérêt politique, et d'ordinaire les reines ou les favorites des rois veulent partager ou modifier le gouvernement.

Dans la nouvelle historique de Saint-Réal, la reine Élisabeth représente l'élément français qui triompherait peut-être si Carlos, tout épris d'elle, devenait roi ou se faisait aimer de son père. Mais précisément Philippe II a un double motif pour ne point aimer Carlos : il est jaloux de sa propre autorité et non moins jaloux du cœur de la reine. Saint-Réal n'admet pas que le sombre fondateur de l'Escurial ait été insensible à l'amour et voué tout entier à la politique. Il nous le montre impatient de posséder cette Élisabeth que la beauté et la jeunesse rendent si séduisante; puis très heureux, très enivré de ses charmes, mais en même temps soigneux de n'en rien laisser paraître, témoignant peu de confiance à sa femme « et » renfermant dans les bornes de la nuit toutes ses caresses, comme s'il eût craint d'être vu d'elle dans quelque » état moins grave que celui où les autres gens le » voyaient » ($^1$). De toute cette conduite il résulte que la reine aime peu son mari, mais ne le trahit point.

($^1$) Saint-Réal, t. III, p. 353.

Entre elle et D. Carlos intervient, presque sans le vouloir, le marquis de Posa, favori du jeune prince; et par une suite d'incidents que Saint-Réal invente et déroule avec complaisance (1), Philippe II croit d'abord que ce marquis est aimé de la reine. Pour l'en punir, il le fait assassiner. D. Carlos, furieux de ce meurtre, qui lui enlève son meilleur, son unique ami, prend la résolution d'aider contre son père la révolte des Pays-Bas. Philippe II, averti à temps, vient lui-même l'arrêter dans sa chambre, l'y retient prisonnier, le fait juger par les inquisiteurs, le laisse condamner à mort et lui accorde, pour toute faveur, le choix de son supplice.

Afin d'obéir à la reine qui lui commande de se soumettre à son père irrité, D. Carlos s'agenouille devant Philippe II, lui demande grâce, mais n'en obtenant qu'une réponse cruelle, se relève brusquement et rétracte sa soumission. Quelques instants après, il se plonge dans un bain, s'y fait ouvrir les veines, et meurt en contemplant une miniature de sa reine adorée. Élisabeth lui survit peu de mois, et succombe à l'action mystérieuse d'un breuvage qu'on l'a forcée de prendre, soi-disant pour sa santé. Philippe II la punit ainsi d'avoir ouvertement regretté D. Carlos (2).

Toutes les parties de cette narration sont si bien liées, les intrigues politiques si habilement rattachées aux vicissitudes de l'amour et aux accidents de la galanterie, que l'œuvre de Saint-Réal obtint un grand succès. Le style en est généralement agréable, sauf quelques lourdeurs et négligences, qui choqueraient davantage aujourd'hui (3).

---

(1) Saint-Réal, t. III, p. 410-412.
(2) *Ibid.*, p. 430-450.
(3) Exemple (pris à la page 354): « Cependant D. Carlos *était dans* une » inquiétude effroyable de savoir comment il *était dans* l'esprit de la reine.

Pour les lecteurs du XVIIe siècle, l'essentiel était d'y trouver, dans un cadre royal et aristocratique, une peinture de tout ce qu'ils aimaient. Il faut même reconnaître que l'auteur, en mêlant ensemble tant de grands noms historiques et tant de passions diverses, invitait tous les écrivains dramatiques à venir prendre modèle sur son roman, et à prolonger, dans un sens ou dans l'autre, les différentes lignes qui s'y croisaient.

## II

L'anglais Thomas Otway, vivant à la même époque, fut le premier à s'inspirer de ce petit livre ; dès 1675, il faisait jouer à Londres un drame de *D. Carlos* qu'il est fort curieux d'étudier (1).

C'est une de ces imitations où l'esprit anglais, en partie dominé par la littérature française, échappe néanmoins au joug de nos règles, et méconnaît, je devrais dire *outrage*, la délicatesse si complexe de nos sentiments et de notre goût.

Sous ce règne dévergondé de Charles II, et jusque dans les dernières années de Guillaume III, Wicherley et Congreve imitaient Molière en faisant d'Agnès une épouse coupable et du Misanthrope un meurtrier ; de même Otway imite Saint-Réal en ne peignant guère chez Philippe II, chez D. Juan d'Autriche et chez D. Carlos que l'amour, et en prêtant à cette passion une sensualité qui devait réjouir les libertins de la cour et de la ville. Dans la pièce anglaise, D. Juan déclare (2) « que l'amour était originairement libre,

---

» *Quoique lorsqu*'elle le regardait, il lui semblait voir *dans ses yeux* une
» langueur secrète et passionnée qu'il n'y trouvait point *dans* les autres
» temps, il n'osait croire ce qu'il voyait. »

(1) *Chefs-d'œuvre des théâtres étrangers,* t. VIII, p. 296.

(2) *Don Carlos,* acte II, sc. I.

» et que la loi, dont il porte aujourd'hui les chaînes, fut
» une innovation amenée plus tard, quand des hommes
» ignorants commencèrent à chérir l'obéissance et appe-
» lèrent leur esclavage sûreté et protection ». D. Carlos
maudit l'obéissance filiale ($^1$), « commandée, dit-il, par des
» prêtres qui, voyant leurs vieilles fourberies usées, ont
» voulu relever, par de nouveaux artifices, leur crédit
» affaibli ». Philippe II lui-même lance un trait contre le
fanatisme; il jure de se venger par des supplices affreux,
« inconnus dans les fastes de la cruauté religieuse » ($^2$).

Tous ces mots portent bien le cachet de la Restaura-
tion anglaise et de cette réaction bruyante contre les
austérités et les fureurs du puritanisme. Il règne néanmoins, chez les personnages d'Owtway, une certaine religion poétique; dans leurs transports ils comparent les
femmes aux anges, et le bonheur qu'elles nous donnent
ici-bas à celui du ciel; ils attestent leur âme immortelle
et le paradis où ils espèrent être admis un jour; ils veulent faire damner leurs ennemis, les précipiter dans
l'enfer : comme les personnages de Shakespeare, ils
croient, assez librement, au surnaturel, ils en ont même
l'imagination remplie, et ne s'en laissent pas moins
dominer par leurs passions.

Or dès le début, l'ivresse de ces passions éclate; ce
Philippe II, que Saint-Réal nous représentait cachant son
amour au fond de son âme, vient ici, devant toute sa
cour, rendre un ardent hommage aux charmes de son
épouse, et exiger que D. Carlos se réjouisse du bonheur
d'un père. Carlos, qui murmurait tout bas contre
le devoir d'obéissance et contre la nécessité de
renoncer à son plus cher trésor, répond d'abord froide-

($^1$) P. 264. *Don Carlos*, acte I, sc. I.
($^2$) P. 399. *Ibid.*, acte V, sc. VII.

2

ment aux ordres du monarque; puis, pressé par lui de témoigner sa joie, il se jette aux genoux d'Élisabeth et la contemple avec une telle admiration que Philippe en devient jaloux et charge Ruy Gomez d'observer le prince et la reine. Dès ce moment, Carlos a près de lui un espion qui ne le perdra pas de vue, mais qu'il ne ménage guère; toutes les intrigues, toutes les trahisons de Ruy Gomez il les lui reproche; averti par le marquis de Posa que l'inimitié de cet homme peut attirer un orage sur la reine, il se rétracte brusquement, s'excuse auprès de lui, ne répare rien (comme on peut s'y attendre), et conserve dans ce Ruy Gomez un ennemi terrible (1).

Tout est ardeur et folle imprudence chez le D. Carlos d'Otway; il revoit la reine, malgré le péril, lui parle avec respect d'abord et à distance, parce qu'elle l'ordonne; mais insensiblement il se rapproche d'elle, réveille dans le jeune cœur de celle qui lui fut promise un sentiment, naguère bien légitime, et obtient d'elle enfin qu'elle lui abandonne sa main charmante. Cette main il la couvre de baisers, et quand le marquis de Posa, son ami, lui représente que c'est témérité de sa part et qu'il vaudrait mieux étouffer cet amour et chercher le bonheur en soi-même : « Avant que mon père me la ravît, s'écrie-t-il, » c'est à moi qu'elle appartenait. Tout ce que tu as à » faire, c'est d'être mon ami. Non tu ne saurais connaître » la moitié de mes souffrances. Trouver en moi le » bonheur ! Donne ce conseil aux réprouvés qui sont » condamnés à souffrir éternellement dans les flammes, » à la vue même du ciel qu'ils ont perdu ! » (2).

Quelle chaleur ! quelle jeunesse ! quelle poésie dans

(1) P. 283-292. *Don Carlos*, acte I, sc. I-VII.
(2) P. 308-313. *Ibid.*, acte II, sc. VII-VIII.

ces paroles! Jamais l'amour n'a rejeté plus éloquemment les conseils de l'amitié et de la sagesse.

D'un bout à l'autre du drame, cette témérité, cette tendresse, cette mobilité de D. Carlos, sont fort bien soutenues. Quand la princesse Éboli tente de le séduire, il admire avec naïveté la grâce de cette femme jusqu'au moment où elle lui avoue que c'est lui qu'elle aime; alors il la repousse et s'en fait une ennemie; mais elle n'a qu'à lui demander hypocritement pardon et à promettre de lui faire revoir la reine pour qu'aussitôt il lui exprime la plus enthousiaste reconnaissance (1).

Dans les trois premiers actes, pas un mot de politique; ni l'Inquisition, ni la liberté des peuples, ni les intérêts du pouvoir royal ne sont mentionnés. Si Philippe II ne rappelait de temps à autre qu'il est roi d'Espagne et qu'il possède un vaste empire, on ne se douterait pas que c'est Philippe II qu'on entend. Il se représente, contrairement à l'histoire, comme un souverain qui mène en personne ses armées, qui se fait un jeu du péril et campe des nuits entières, exposé au froid (2). Le Philippe II d'Otway est un Othello couronné; comme Othello, il adore la beauté de sa femme; il entre en fureur contre Ruy Gomez qui l'a empoisonné de soupçons jaloux, et il exige de lui les preuves de son déshonneur (3). Au moment même où ces preuves semblent être en ses mains, les charmes d'Élisabeth reprennent sur lui tout leur pouvoir : « J'écoute ta » voix de sirène, dit-il, et incapable d'étouffer mes désirs, » j'avance hardiment, quoique certain d'être englouti. » Allons, viens sur mon cœur; ma fureur est calmée et » fait place à des sentiments plus doux. Duchesse d'Éboli,

<hr/>

(1) P. 344-348, *Don Carlos*, acte I, sc. II.
(2) P. 333. *Ibid.*, acte III, sc. XI.
(3) P. 315-317. *Ibid.*, acte III, sc. II.

» je vous remets mon trésor; gardez-le-moi; jugez
» de quelle confiance je vous honore! Ah! je vais me
» préparer à un bonheur trop vif pour les sens hu-
» mains (1).»

En achevant ces mots, il quitte la reine et la laisse
avec qui? avec D. Carlos lui-même! Étrange invraisem-
blance! Il vient de pardonner à sa femme sous la condi-
tion que D. Carlos sera banni à jamais de la cour, et au
lieu de le chasser sur l'heure de sa présence, au lieu de
rester, comme on dit, maître du champ de bataille, il
s'en va sans attendre que son fils soit parti le premier (2).
Le poète avait besoin d'une péripétie attendrissante,
d'une scène d'adieux entre Élisabeth et Carlos; il a, en
dépit du bon sens, fait sortir Philippe et rester les deux
amants. La scène d'adieux (3) est belle, il est vrai, mais
bien mal amenée; Shakespeare, qu'Otway nous rappelle
à tout moment, n'aurait pas admis qu'Othello surprît
Cassio causant avec Desdémona, les crût coupables, le
leur dît pendant un quart d'heure, et sortît ensuite de la
chambre sans avoir vu Cassio la quitter avant lui. Évidemment il règne du désordre dans l'esprit d'Otway,
lors même que son talent touche de près au génie.

J'entends le génie pathétique, le don de connaître, de
sentir et de rendre la passion. Tout ce drame en est
plein : Philippe II a beau se vanter, dans un monologue,
d'être le plus constant et le plus impassible des hommes (4), il a sans cesse du feu ou du fiel dans les veines;
c'est l'amour, la vengeance, mais non la raison d'État
qui le pousse; et s'il use de tortures raffinées contre ses

(1) P. 335-336, *Don Carlos*, acte III, sc. XI.
(2) P. 336. *Ibid.*, acte III, sc. XI.
(3) P. 336-341. *Ibid.*, acte III, sc. XII.
(4) P. 381. *Ibid.*, acte V, sc. I.

ennemis, ce n'est point pour affermir son autorité, mais pour rendre leurs peines égales à celle qu'il endure.

D'ailleurs, je le répète, il n'est fait aucune allusion à sa manière de gouverner les hommes, et jusqu'au début du quatrième acte, on ne connaît rien de ses royales affaires ; la pièce ne roule que sur des affections privées, sur des querelles et des jalousies domestiques. Au quatrième acte seulement, D. Carlos, banni par son père et craignant qu'on ne le dépouille de ses droits au trône, se décide à passer dans les Pays-Bas. « Père et roi, dit-il à » Posa ($^1$), sont deux noms pleins d'un sens puissant, » mais certes il y a aussi quelque chose dans ceux de » fils et de prince. Je naquis en un rang élevé, et ma » chute en sera digne. Les triomphes ont accompagné » ma naissance, et je veux que ma destinée ne soit ni » moins glorieuse, ni moins illustre. Posa, envoie sur le » champ mes pouvoirs en Flandre ; dis-leur que l'outragé » Carlos est leur ami, que je viendrai me mettre à la » tête de leurs forces, et que je vengerai leur cause s'ils » embrassent la mienne. — Aux rebelles ! » demande Posa, un peu étonné. — « Non, réplique D. Carlos, ce sont » des amis ; leur cause est juste, ou du moins il faut » qu'elle le soit, puisque j'en fais la mienne. »

Que nous sommes déjà loin du D. Carlos de Saint-Réal, s'attachant aux seigneurs flamands parce qu'ils sont vertueux ! Ici, c'est l'inverse : le prince outragé trouve leur cause juste parce qu'il s'associe avec eux et que sans leur secours il ne pourrait venger son affront. A ce moment même, un officier de la garde lui apporte l'ordre de se constituer prisonnier ($^2$). D. Carlos s'y refuse, et son oncle D. Juan le soutient dans sa résistance. « La

($^1$) P. 342-343, *Don Carlos*, acte IV, sc. I.
($^2$) P. 350. *Ibid.*, acte IV, sc. IV.

» vie m'est à charge ($^1$), dit le fils de Philippe II, sans
» la liberté; ces membres ne furent jamais faits pour
» porter des fers. Mon père aurait dû désigner une cou-
» ronne dont j'eusse entrepris la conquête et que j'aurais
» placée sur mon front; il aurait vu de quoi Carlos était
» capable. »

Privé bientôt après de son ami Posa, que Philippe II
fait assassiner comme fauteur et complice des coupables
amours qui ont uni son fils et sa femme, l'infant par-
tirait sur l'heure pour la Flandre, si la reine ne lui
envoyait dire qu'il doit se soumettre à son père. Il y consent; il vient s'incliner devant le roi et le conjure de ne
point verser son propre sang. « Quand j'en ai de mauvais,
» réplique Philippe II ($^2$), je le fais tirer de mes veines;
» tu n'es d'ailleurs pour moi qu'un étranger et je maudis la
» mémoire de ta mère et la nuit où je t'engendrai avec
» elle. »

A cet outrage, Carlos se relève plus furieux que
jamais : « Ma mère! s'écrie-t-il; tu oses la maudire; elle
» était trop pure pour vivre longtemps avec toi! Comment
» ai-je pu songer un instant à la soumission? » Les reproches les plus cruels sont échangés entre le père et le fils;
la reine, qui essaie d'excuser Carlos, ne fait que redou-
bler la colère d'un mari jaloux. Elle-même, accablée de
douleur et suffoquée d'indignation, semble sur le point
de s'évanouir; D. Carlos la soutient et l'enlève dans ses
bras ($^3$). « Voilà, s'écrie Elisabeth, le seul embrassement
» que vous vous soyez jamais permis, et c'est en sa pré-
» sence! » — Philippe ordonne à un officier de séparer
son fils et sa femme; Carlos tire son épée, écarte le satel-

($^1$) P. 362, *Don Carlos,* acte IV, sc. XIII.
($^2$) P. 368. *Ibid.,* acte IV, sc. XVI.
($^3$) P. 376. *Ibid.,* acte IV, sc. XVII.

lite, et, sous les yeux de son père, qui joue en ce moment un rôle assez ridicule, il comble la reine de tendres caresses : « Oh douceur ! s'écrie-t-il en appuyant sa tête sur le » sein d'Elisabeth [1], douceur plus enivrante que l'encens qui monte vers le ciel présenté par la main des » anges ! » Sur l'ordre réitéré du roi, les gardes s'approchent de ce groupe passionné ; la reine, avant d'être touchée par eux, s'arrache elle-même des bras de D. Carlos, et le prince est emmené, malgré sa résistance, dans une autre chambre du palais.

Philippe II se donne le plaisir d'une vengeance atroce : il fait prendre à sa femme un poison lent et cruel, puis il vient se repaître de son agonie et l'accabler d'effroyables reproches [2]. Mais voilà qu'au milieu de cet infernal triomphe, il apprend toute la vérité : Ruy Gomez et sa femme, la duchesse d'Eboli, ont calomnié la reine et D. Carlos ; bien qu'Elisabeth et l'infant n'aient point cessé de s'aimer depuis leurs fiançailles, la couche royale n'a jamais été profanée par eux ; dans sa jalousie, et surtout dans sa vengeance, le roi s'est montré injuste et barbare [3]. Dès qu'il le sait, tout change à ses yeux ; le remords l'envahit ; il implore le pardon de sa femme, appelle à grands cris les médecins pour la sauver, commande qu'on amène D. Carlos et qu'on prévienne les effets de son désespoir. Il est trop tard, hélas ! le poison achève son œuvre sur Elisabeth ; et D. Carlos, les veines ouvertes et ruisselantes de sang, est apporté par des gardes qui le placent sur un siège à côté de la reine [4].

Alors commence l'agonie triomphante de ces deux

[1] P. 377, *Don Carlos*, acte, IV, sc. XVII.
[2] P. 387-392. *Ibid.*, acte V, sc. V.
[3] P. 393-397. *Ibid.*, acte V, sc. VI.
[4] P. 398-401. *Ibid.*, acte V, sc. VII-VIII.

amants, ravis de mourir ensemble, de monter ensemble « au ciel où l'on ne souffre plus, où tout amour est éternel et pur » et de pardonner ensemble à ceux qui les séparèrent et qui maintenant les unissent dans la mort ([1]). La reine quitte ce monde la première; un instant après, Carlos expire sur son sein; Philippe II, livré à un inutile repentir, poignarde Ruy Gomez, ce calomniateur des deux victimes, et exhale ensuite sa démence en imprécations emphatiques et insensées contre lui-même. Il sort de la scène absolument fou ([2]).

Ainsi se termine ce drame, si peu historique, si peu conforme au caractère réel de Philippe II, mais si frémissant de passion humaine, violente et poétique.

De toutes les figures tracées dans la pièce, celle de D. Carlos est la moins sujette aux objections. Ce prince étant peu connu, même des gens instruits, le poète était presque libre de le représenter comme il l'entendait. Otway, en vrai contemporain de Charles II, l'a fait fier, impétueux, mais amoureux surtout et obstiné à chercher le ciel, comme il dit, dans les regards, et s'il le pouvait, dans les bras de la femme qu'on lui a ravie.

### III

Un siècle après (en 1776), Alfieri, lisant divers historiens et se méfiant du roman de Saint-Réal, croit peu aux nobles qualités de l'infant D. Carlos; mais, comme il veut le rendre intéressant et se servir de lui, dans une tragédie italienne, pour exciter la haine du despotisme, il n'hésite pas à le peindre vertueux, et, en raison de sa vertu même, constamment suspect à son père. La cour

---

([1]) P. 402-406, *Don Carlos*, acte V, sc. VII.
([2]) P. 407. *Ibid.*, acte V, sc. VII.

le fuit, les espions l'environnent; un seul ami s'offre à lui, c'est Pérez, et, comme en dépit des dangers ce seigneur s'attache constamment à sa disgrâce; « enfin, » tu le veux, s'écrie le prince, je te tends cette main en » signe d'une malheureuse amitié; mais aujourd'hui, je » ne me plaindrai pas de mon sort. Oh! je suis moins » infortuné que toi, Philippe! au milieu des vaines » pompes et de l'adulation mensongère, tu n'as jamais » connu la sainte amitié » (¹).

Malgré l'éloquence de cette exclamation qui termine le premier acte du *Philippe II* d'Alfieri, le lecteur s'impatiente un peu de ne pas mieux savoir les motifs ou même les prétextes de l'aversion que Philippe ressent pour son fils. Quels torts le roi reproche-t-il à l'infant? Au second acte seulement il s'en explique : après des accusations vagues et générales, il finit par lui dire (²) : « En secret, » dans mon palais même et avant le jour, n'as-tu pas » donné une longue et coupable audience à l'envoyé » des Bataves rebelles? » D. Carlos répond qu'il l'a fait, mais qu'il ne conspire pas et se borne à plaindre un peuple mal gouverné par des ministres lâches, cupides et cruels. Il est certain que, dans toute la pièce, il n'y a pas trace de complot, ni de rébellion, ni de départ furtif pour la Flandre; si quelqu'un conspire, c'est plutôt Philippe qui veut à tout prix se défaire d'un fils vertueux.

Carlos, à la vérité, aime sa jeune belle-mère; mais, quelle réserve, quelle noble douleur dans l'expression de son amour, indignement trompé par une fausse promesse! Voyant Elisabeth s'éloigner à son approche, il lui demande si elle veut le fuir, elle aussi; et peu à peu, il rappelle le doux espoir que naguère encore il avait conçu :

(¹) Alfieri, *Filipo II,* acte I, sc. IV.
(²) *Ibid.,* acte II, sc. IV.

« Cet espoir, dit-il (¹), a grandi en moi, et c'était la meil-
» leure part de moi-même; mon père le nourrissait, ce
» même père qui, plus tard, osa rompre des nœuds solen-
» nels... Sujet et fils d'un maître absolu, je souffris, je
» gardai le silence ; je pleurai, mais au fond du cœur; la
» volonté de mon père servit de loi à la mienne; il
» devint ton époux, et combien j'ai frémi de me taire et
» d'obéir, qui peut le savoir aussi bien que moi? D'une
» telle vertu (et c'était une vertu vraiment, c'était un
» effort plus qu'humain), j'étais fier dans mon âme et
» triste tout à la fois. »

Altero in cor men giva e tristo a un tempo.

Vers magnifique, plein de sens et de profondeur, expri-
mant avec une admirable brièveté l'état d'un homme
qui sent le prix de la vertu, qui veut y atteindre, mais
qui n'a pu rompre entièrement avec sa passion. En y
cédant, comme il le fait ici, en reparlant d'amour et de
regrets, mêmes légitimes, à celle qui est devenue
l'épouse de son père, le prince commet une faiblesse bien
imprudente. Car Philippe le soupçonne d'aimer encore
la femme qui lui fut promise et enlevée ; et, pour éclair-
cir ce mystère, il tend un piège à la malheureuse Isabelle.
Il la fait d'abord juge de D. Carlos, lui demande comment il doit agir envers un fils constamment indocile et
en ce moment même uni d'intérêt avec les Pays-Bas
révoltés. La reine excuse le prince et supplie Philippe de
se montrer plus doux et plus accessible à D. Carlos :
« Avertis-le avant de le reprendre, lui dit-elle (²) ; si tu
» crains qu'il ne soit coupable, fais-le venir, prête l'oreille
» à ses excuses; sois un père pour lui; et, s'il ne parvient

(¹) Alfieri, *Filipo II*, acte I, sc. II.
(²) *Ibid.*, acte II, sc. II.

» pas à se justifier, redeviens roi et condamne-le. — Eh
» bien! répond Philippe, je suivrai ton conseil; qu'il
» vienne sur-le-champ me parler; et toi, reste à l'enten-
» dre; j'ai besoin de toi; tu m'es un témoin nécessaire»,
ajoute-t-il en la retenant, malgré son effort discret pour
se retirer.

Devant sa belle-mère et son père, D. Carlos se justifie
avec la franchise d'un jeune homme qui ne craint pas la
mort, mais le déshonneur, et qui ne veut pas être accusé
de trahison. Philippe lui pardonne, en lui conseillant de ne
pas scruter les desseins de son père et de ne pas montrer
tant d'empressement à donner son avis quand on ne
le consulte pas. « C'est la reine, poursuit-il (¹), qui a
» demandé ta grâce et qui s'est portée caution pour toi.
» Avise à ne point trahir son espérance, et rends-toi de
» plus en plus agréable à elle. Toi, reine, qui m'apprends
» non seulement à excuser, mais encore à bien aimer mon
» fils, afin qu'il devienne meilleur, vois-le plus souvent,
» parle-lui, guide-le. Et toi, Carlos, écoute-la, ne l'évite
» point, je le veux. — Oh! s'écrie le prince, combien ce
» mot de pardon m'est dur! Mais si je dois aujourd'hui
» l'accepter d'un père, et si tu dois, ô reine, l'obtenir
» pour moi, veuille mon destin (qui seul ici est coupable)
» ne plus me faire descendre à une telle honte! — Place
» mieux ta honte, reprend le farouche Philippe; ne
» rougis pas d'obtenir le pardon, mais de le mériter. »

Et, renvoyant à la fois son fils et sa femme, il reste
seul avec son favori et complice Gomez. « Tu as entendu?
» lui demande-t-il (²). — J'ai entendu. — Tu as vu? —
» J'ai vu. — Oh rage! Donc le soupçon... — Est une
» certitude maintenant. — Et Philippe n'est pas encore

(¹) Alfieri, *Filipo II*, acte II, sc. IV.
(²) *Ibid.*, acte II, sc. V.

» vengé? — Songez, seigneur... — J'ai songé à tout;
» suis-moi. »

Voilà un de ces dialogues où l'effet énergique est évidemment cherché; il l'est même trop, et le spectateur se demande sur quoi Philippe fonde une telle conviction. Isabelle (1) n'a rien dit qui prouvât un amour coupable; elle a parlé en faveur de son beau-fils comme toute femme bonne et douce devait le faire. Mais le Philippe II d'Alfieri veut trouver tout suspect et même criminel; si le crime manque, il le suppose ou il le crée; quand il ordonne à son fils de voir souvent la reine, c'est un piège affreux qu'il lui tend et où il le pousse avec violence.

Carlos s'en aperçoit, et dans l'acte suivant, conjure la reine de ne plus parler en sa faveur. « La pitié, chez » mon père, dit-il (2), est toujours l'avant-coureur de » tout mal; montrer quelque pitié, c'est outrager le » tyran. » Et comme Isabelle s'accuse d'être cause que le jeune prince n'aime pas Philippe : « O reine, s'écrie-t-il, » tu nous connais mal tous deux. Je frémis, il est vrai, » mais je ne le hais point; je lui envie un bien qu'il m'a » enlevé et ne mérite pas; un bien dont il ne sent pas » tout le prix, non, il ne le sent pas... Oh! si tu étais » heureuse, je m'affligerais moins! » En entendant ces mots, la reine lui reproche d'en revenir toujours, malgré lui, aux mêmes plaintes; et elle le quitte après lui avoir affirmé qu'elle pèsera bien toutes ses paroles, si jamais elle reparle de lui à Philippe. A peine est-elle sortie que Gomez paraît. Carlos lui demande brusquement ce qu'il veut; et comme cet infâme courtisan répond : « J'attends

---

(1) Les Espagnols emploient peu le nom d'Elisabeth; ils y substituent constamment celui d'*Isabel*.

(2) Alfieri, *Filipo II*, acte, III, sc. I.

» le roi, et avant qu'il vienne je vous félicite, prince, de
» vous être réconcilié avec lui », l'infant lui tourne le
dos sans rien répliquer, sans daigner l'entendre. Gomez
ne tardera pas à le punir de ce mépris ([1]).

Le roi arrive, en effet, et devant trois conseillers il
accuse lui-même son fils absent ([2]). Alfieri nous a dit
dans sa préface qu'il avait voulu peindre Philippe II tel
que les historiens le représentent, soupçonneux, féroce,
sanguinaire; en un mot, le Tibère de l'Espagne. Partant
de cette assimilation et relisant son Tacite avec soin, il
compose une scène très remarquable, où toutes les ruses
de Tibère sont bien imitées.

Philippe témoigne d'abord un regret profond de dénoncer le prince; il feint d'y être contraint par une doulou-
reuse nécessité, et dès que l'un des conseillers fait
entendre un mot de clémence, il s'empresse d'y adhérer,
mais il ajoute perfidement : « Je veux être père, je veux
» avant tout pardonner, dussé-je exposer ma vie et mon
» royaume. » Là-dessus, Gomez lui reproche de manquer
à un devoir sacré; Leonardo, partisan de l'Inquisition,
défend le saint tribunal, attaqué, dit-il, par les discours
impies de D. Carlos; tous deux s'acharnent à plaider la
cause de Dieu et de la patrie contre la clémence simulée
de Philippe; bref, celui-ci prend, comme Tibère, un
affreux plaisir à se faire forcer la main pour signer une
sentence de mort : c'est le comble de la cruauté hypocrite.

Malheureusement, les accusations lancées contre le
prince par son père, par Gomez et par Leonardo sont
inattendues pour le spectateur et paraissent grossières
ou insensées. Suivant Leonardo, D. Carlos attaque la
religion des aïeux et se déclare partisan du culte nou-

---

([1]) Alfieri, *Filipo II,* acte III, sc. III et IV.
([2]) *Ibid.,* acte III, sc. v.

veau; rien ne nous a préparés à cette imputation, pas même une seule parole généreuse de Carlos en faveur des protestants que l'on persécute. Gomez affirme qu'une lettre interceptée et tracée par la main du prince, abandonne à la France la Navarre et la Catalogne; jamais Carlos, dans ses entretiens avec Perez ou avec la reine, n'a, en notre présence, laissé voir le moindre penchant pour l'alliance française. Enfin le roi accuse son fils d'avoir voulu le tuer; il raconte même en détail cette tentative à laquelle personne ne croira jamais. Si quelque parole, échappée devant nous à D. Carlos, avait pu donner lieu à ces sinistres interprétations, combien la grande scène eût paru plus vraisemblable, Philippe II plus habile, et l'action dramatique mieux liée! Le poète libéral a sans doute voulu nous faire voir qu'un tyran, pour perdre son fils, dont les vertus lui sont odieuses, n'a besoin ni de vraisemblance ni de ménagements, soit; mais pourquoi esquisser en raccourci ces vertus du fils de Philippe? Pourquoi les montrer si peu agissantes? Le caractère de D. Carlos manque de développement, et c'est là un défaut commun à ces tragédies d'Alfieri qui, sous prétexte de revenir à la simplicité antique, mutilent les personnages et ne laissent à leur vie morale ni variété ni étendue.

Malgré cette faute du poète, D. Carlos nous intéresse encore, au quatrième acte (¹), lorsqu'il se dirige, la nuit, tout armé, avec inquiétude, vers la salle du palais où Elvire, suivante de la reine, doit venir lui parler. Elle l'avertira probablement des décisions prises contre lui par le roi, qui veut le soumettre au jugement d'un nouveau conseil, formé de seigneurs et surtout de prêtres. Mais avant qu'Elvire ne paraisse, le roi survient, accompagné de gardes, et arrête son fils, sous prétexte qu'ainsi

---

(¹) Alfieri, *Filipo II,* acte IV, sc. II.

armé, la nuit, il médite un parricide ([1]). Respectueux d'abord, mais bientôt indigné lorsqu'il entend formuler sans détour cette horrible accusation, Carlos dédaigne de se justifier, évite (pour ne pas compromettre la reine) d'expliquer sa venue en ce lieu, et flétrit enfin chez son père le despotisme et la soif de sang. On l'entraîne, on le met en prison; la reine, conseillée par Gomez qui veut en finir avec le prince, vient le voir dans son cachot et l'encourager à fuir ([2]). Il s'y refuse, car il comprend quelle nouvelle embûche lui est dressée par le favori de son père; mais tandis qu'il résiste aux prières de la reine, aimant mieux rester dans les fers que de tenter une évasion, selon lui, impossible, et qui lui serait imputée comme un crime de plus, Philippe reparaît, cruellement joyeux de surprendre ensemble sa femme et son fils. Ainsi qu'on peut s'y attendre et que l'exige depuis long-temps la tradition théâtrale, chacun des deux accusés défend l'autre ([3]) et se prétend seul coupable d'avoir osé nourrir et déclarer un reste d'amour.

Ici, Philippe, jetant enfin le masque, montre dans toute sa noirceur son âme de tyran tragique : « Jamais je ne » t'ai aimée, dit-il à Isabelle, jamais je n'ai été jaloux de » ta tendresse, mais je croyais que tu craindrais assez » ton maître pour ne pas même songer à être aimée d'un » autre. » Et comme elle s'écrie : « Je ne suis coupable » ni en face du prince, ni en face du Ciel. » — «Je sais » tout, répond Philippe II; je sais, Carlos, que tu n'avais » pas encore élevé une pensée impie jusqu'au lit de ton » père; si tu l'avais élevée, vivrais-tu? Mais tu as parlé » d'amour, cela suffit, vous mourrez tous deux; » et il

---

([1]) Alfieri, *Filipo II*, acte IV, sc. II.
([2]) *Ibid.*, acte V, sc. II.
([3]) *Ibid.*, acte V, sc. I.

leur donne à choisir entre une coupe de poison apportée par Gomez et un poignard, dont ce même Gomez s'est servi pour tuer Perez, le seul ami de Carlos. L'infant saisit le poignard, s'en frappe, et en mourant, conseille à la reine de choisir le poison comme moins douloureux. Isabelle tend la main vers la coupe et semble pressée de mourir : alors Philippe, en vrai tyran de Sénèque, s'écrie : « Tu ne mourras pas aujourd'hui ; quand plus tard, déli- » vrée de ta passion infâme, tu désireras vivre, je te ferai » mourir. » Désespérée, elle se jette sur le poignard et se perce le cœur avant qu'on ait eu le temps d'arrêter sa main. Philippe contemple un moment sa vengeance, mais bientôt il s'en épouvante, et n'osant braver la voix publique : « Cachons à tout homme cette horrible affaire, » murmure-t-il (1). En te taisant, Gomez, tu sauveras » ma renommée et ta vie. » Paroles aussi *effrayées* que menaçantes, et qui montrent admirablement combien les tyrans frissonnent de peur au moment même où ils font trembler le monde. Le poète italien ne pouvait pas mieux terminer son réquisitoire tragique contre les Tibères (2).

## IV

Neuf ans après la pièce d'Alfieri (3), le même sujet tente la verve, encore jeune et imparfaitement réglée, de Schiller. Tout plein du récit de Saint-Réal et n'ayant adopté aucune théorie littéraire qui l'empêche d'en

(1) Alfieri, *Filipo II*, acte V, sc. IV.

(2) Les lettres de Philippe II sur la mort de son fils sont longues et embarrassées comme celles de Tibère (*verbosa et grandis epistola...*); mais précisément il y évite d'accuser D. Carlos de parricide, comme le fait, à tort, le Philippe II d'Alfieri.

(3) Le premier acte du *D. Carlos* de Schiller parut en 1785, et la pièce entière en 1787.

suivre et d'en augmenter même les complications, le poète allemand développe sous des faces très diverses ce rôle de D. Carlos qu'Alfieri avait esquissé. La liberté romantique règne ici; l'unité de temps, de lieu et du ton n'exerce aucun droit absolu; aussi, toutes les relations de l'infant avec son père, avec les généraux et les moines espagnols, avec la reine et les autres femmes, avec ses amis et ses ennemis, sont complaisamment mises en lumière. Comme le Télémaque de Fénelon, il suit tour à tour sa nature, qui peut l'égarer, et des idées, des aspirations meilleures pour lesquelles d'autres personnages le passionnent. Quand le marquis de Posa, son ami, est absent, D. Carlos, n'ayant plus de Mentor, vaut déjà moins. Les beaux projets qu'ils ont médités ensemble pour le bonheur du genre humain deviennent de vains rêves aux yeux du jeune prince, plus occupé d'aimer sa belle-mère et de chercher un moyen de le lui dire ($^1$). Posa, revenu en Espagne et apprenant tout, lui ménage avec Isabelle une entrevue ($^2$) dont le prince sort purifié, n'entretenant plus d'espérances criminelles et reportant sur l'humanité l'amour qu'il avait eu pour la reine ($^3$). Elle-même l'a ainsi commandé : si Carlos veut lui plaire, il faut qu'il se prépare à devenir un grand et bon roi. Mais que, peu de temps après et par suite d'une méprise, Carlos croie la reine plus faible envers lui, il vole au prétendu rendez-vous et s'apprête à goûter, comme un amant vulgaire, les joies d'un tête-à-tête désiré de part et d'autre ($^4$). Les bons desseins sont encore oubliés; mais Posa, par ses reproches si justes,

($^1$) Schiller : *D. Carlos ;* acte I, sc. II.
($^2$) *Ibid.*, acte I, sc. IV et V.
($^3$) *Ibid.*, acte I, sc. VI.
($^4$) *Ibid.*, acte II, sc. IV.

si éloquents, rend à la vertu tous ses droits, et le cœur de Carlos recommence à battre pour l'humanité ([1]).

Chez un jeune homme ces alternatives nous intéressent; elles sont d'une éternelle vérité, et peu d'âmes arrivent à la pratique du bien par une autre voie; les plus parfaites chancellent assez longtemps entre le devoir et l'instinct.

Heureuses celles qui, dans leurs faiblesses, observent de bonne heure une certaine prudence, nécessaire pour échapper aux dangers du monde. Le D. Carlos de Schiller, destiné à périr victime des passions d'autrui, s'expose sans cesse par son ardeur ou sa naïveté. Rencontre-t-il à la porte de la Chambre royale le duc d'Albe ou le moine Domingo, il leur dit immédiatement tout ce qu'il pense d'eux, flétrissant la barbarie de l'un ([2]), l'hypocrite ambition de l'autre ([3]). A peine admis en présence de son père, il veut se jeter dans ses bras, il s'écrie : Réconciliation ! ([4]) et jure sur sa tête de pacifier ses chers Pays-Bas si le roi consent à l'y envoyer. Quand il arrive au couvent des Chartreux, le cœur et la tête remplis des projets les plus nobles, les plus bienfaisants, il brûle de révéler son secret au vieux prieur, qui non seulement ne demande pas cette confidence, mais la repousse ([5]). Quand la princesse Éboli fait, devant D. Carlos, parade de vertu, il la croit sincère, il l'admire, il l'adore presque, et avec un si tendre enthousiasme, que le lecteur ne sait plus qu'en penser et craint de voir D. Carlos infidèle à la reine ([6]). Tout est fébrile et mal calculé chez ce malheu-

---

([1]) Schiller : *D. Carlos ;* acte II, sc. xv.
([2]) *Ibid.,* acte II, sc. v.
([3]) *Ibid.,* acte I, sc. i.
([4]) *Ibid.,* acte II, sc. ii.
([5]) *Ibid.,* acte II, sc. xiv.
([6]) *Ibid.,* acte II, sc. viii.

reux prince; et sauf quelques passages où la mesure est trop dépassée ([1]), le poète allemand a raison de le peindre courant ainsi à sa propre ruine.

Les deux personnes qui dominent D. Carlos et qui avivent en lui les aspirations élevées, représentent les deux types humains rêvés et souhaités constamment par Schiller ([2]). La reine joint à toutes les grâces de la femme une pureté native, qui fleurit et embaume sans effort, comme le lis ([3]). Nulle pensée mauvaise ne l'effleure et nulle bonne action ne lui coûte; cette belle âme ne porte en elle-même aucun germe de faute et s'ouvre à tout ce qui est généreux, tendre et chaste. Elle et le marquis de Posa s'entendent à merveille; il ne conçoit pas une idée utile au genre humain que la reine n'adopte avec un suave enthousiasme. Lui, c'est un philosophe ou plutôt un voyant, qui devance son siècle et son pays au degré le plus invraisemblable, s'élevant d'emblée au-dessus des querelles religieuses et demandant à Philippe II lui-même ([4]) d'accorder à tous la liberté de penser.

Si D. Carlos, son ami, son disciple, devient jamais roi, plus de persécution, plus de despotisme. La religion sera respectée, mais on ne fondera plus sur la foi les idées de vertu ([5]). Malheureusement D. Carlos a excité les soupçons jaloux de son père; il va périr, et le genre humain continuera d'être opprimé. Posa, pour détourner ce péril universel, attire sur sa propre personne la jalou-

---

([1]) Notamment dans cette scène VIII de l'acte II, avec la princesse Eboli.

([2]) Cf. les *Œuvres esthétiques et morales* de Schiller.

([3]) *D. Carlos*, acte II, sc. XV (où Posa analyse ainsi l'âme de la reine).

([4]) *Ibid.*, acte III, sc. X.

([5]) *Ibid.*, acte II, sc. X (où le moine Domingo exprime au duc d'Albe ses craintes pour l'avenir).

sie trompée de Philippe II, et meurt après avoir recommandé à la reine le salut intellectuel et moral de D. Carlos. Il lègue à Isabelle un grand roi à former (tâche dangereuse) par un platonique amour ([1]).

Quant à Philippe, ennemi et bourreau de D. Carlos, Schiller le peint tout autre que ne l'avaient fait ses prédécesseurs dramatiques, le sensuel Otway et l'austère Alfieri. Il le suppose à la fois *homme* et *despote*, et ne retranche de son âme aucune passion. Un instant infidèle à la reine ([2]), le Philippe II de Schiller l'a pourtant aimée ([3]), et il n'en est pas seulement jaloux comme *maître*, mais comme *époux*. Il aimerait également son fils, s'ils avaient tous deux les mêmes idées, et il regrette ce bonheur qu'il n'a point de pouvoir appeler Carlos sa vivante image ([4]). On finit par le plaindre, ce malheureux maître du monde, condamné à sentir sans cesse son humanité opprimée par sa toute-puissance. Point de repos pour lui, point de sommeil, point de confiance, pas un compagnon et pas un ami! L'homme et le roi luttent en lui bien souvent; et ce n'est un tyran ni vulgaire, ni abstrait. Il s'acquitte avec zèle de ses devoirs, tels qu'ils les comprend ([5]); il s'informe de tout, il veille sur toutes les pensées des autres, il se résigne d'ailleurs aux revers que Dieu lui inflige ([6]), et n'en fait point porter la peine aux hommes qui auraient voulu le servir plus heureusement. Il a enfin, dans sa physionomie, bien des traits nobles ou intéressants du vrai Philippe II. Il se défie perpétuellement de ses ministres, les fait épier les uns par

([1]) *D. Carlos,* acte IV, sc. XXI.
([2]) Avec la princesse Eboli (v. acte II, sc. VIII, XII, XV).
([3]) *D. Carlos,* acte IV, sc. IX.
([4]) *Ibid.,* acte II, sc. II.
([5]) *Ibid.,* acte I, sc. VI (à la fin).
([6]) *Ibid.,* acte III, sc. VI.

les autres [1], leur donne l'exemple du travail personnel [2] et leur interdit toute usurpation d'autorité [3]. Comme le despote, en lui, n'a pas tué l'homme, il souffre d'être seul et de ne voir autour du trône aucun dévouement désintéressé [4].

En un de ces moments de tristesse et d'embarras, il rencontre le marquis de Posa, l'écoute, le charge d'observer sa femme et son fils, veut l'employer à ses affaires domestiques et non au bonheur de l'humanité [5]. Posa trompe à la fois son attente et ses soupçons, et assassiné par son ordre, devient doublement cher à D. Carlos [6]. Irrité de voir sa victime le chasser pour jamais du cœur de son fils, le roi se venge sur tout ce que Posa a le plus chéri, sur D. Carlos et sur la liberté [7]. A l'instant où le prince, exalté par l'amitié, soutenu par l'amour et purifié par la douleur, prend congé d'Isabelle et va partir pour les Pays-Bas, Philippe lui-même l'arrête et le livre à l'Inquisition [8]; le triomphe des droits de l'homme est, par cette catastrophe, ajourné à plus de deux siècles, mais le noble infant, élève de Posa, laisse dans notre mémoire un attachant souvenir; en dépit des longueurs, des inexactitudes, des péripéties obscures ou confuses, nous suivons ses mouvements avec sympathie, et plus nous l'admirons, plus nous le plaignons d'être mort si jeune et d'une façon si mystérieuse, pour avoir voulu trop tôt affranchir le monde.

[1] *D. Carlos*, acte II, sc. III, et acte III, sc. IV.
[2] *Ibid.*, acte III, sc. I et II.
[3] *Ibid.*, acte III, sc. VI (quand il nomme le duc d'Albe grand commandeur de Calatrava).
[4] *Ibid.*, acte III, sc. V et X.
[5] Fin de la sc. X (acte III).
[6] *D. Carlos,* acte V, sc. IV.
[7] *Ibid.*, acte V, sc. IX.
[8] *Ibid.*, acte V, sc. dernière.

## V

Cependant il s'est fait, sur l'histoire de D. Carlos, bien des recherches et des découvertes depuis Schiller, et de toute cette légende, de toute cette auréole poétique, qu'est-il resté? Presque rien, hélas!... et quelque chose pourtant. Le prince est redevenu un triste personnage, ambitieux sans mérite, inquiet sans capacité, violent, à demi-fou, rongé par la fièvre, nullement amoureux de sa belle-mère, mais traité par son père avec une rigueur extrême et dont le motif ne fut jamais avoué. On a lu, outre les récits des historiens, toutes les lettres qu'a-dressa Philippe II aux diverses puissances de l'Europe et l'on y a appris (à travers mille phrases confuses) que Carlos fut arrêté lorsqu'il allait partir pour la Frandre ou pour l'Allemagne, et que son père voulut, par cet acte, prévenir à jamais ses écarts, n'espérant plus ni le guérir par un régime, ni le corriger par un châtiment tempo-raire. On y a vu aussi Philippe II affirmer à tout le monde que le prince n'était coupable ni de désobéissance à l'autorité paternelle, ni de crime contre la foi reli-gieuse; et recommander surtout au duc d'Albe de dire en Flandre que D. Carlos n'avait jamais penché vers l'hérésie. Quant au genre de mort qui emporta l'infant, on le connaît fort bien aujourd'hui : désespéré de se voir prisonnier dans sa chambre, il se livra à toutes les imprudences, à tous les excès; il se rendit volontaire-ment malade, et mourut le 24 juillet 1567, après six mois et cinq jours de captivité.

Ces faits, une fois constatés par l'érudition et racontés par les historiens modernes de l'Espagne, ne peuvent plus, de nos jours, être niés dans leur ensemble; il faut

renoncer à remettre D. Carlos sur le théâtre, ou le représenter à peu près tel qu'il fut, et ne le faire ni amoureux
de la reine, ni empoisonné ou poignardé par son père.
Mais, dans ces conditions, pourra-t-on encore le rendre
intéressant ? D. Gaspar Nuñez de Arce, l'un des poètes
les plus applaudis de l'Espagne contemporaine (1), l'a
cru possible, et l'a tenté dans celui de ses drames qui a
pour titre: *El haz de leña (le Fagot de bois)*. Assistant un
jour à un auto-da-fé, Philippe II dit à l'un des hérétiques
condamnés par l'Inquisition (2) : « Si mon propre fils était
comme toi, je porterais de mes mains un fagot pour le
faire brûler. » Le poète suppose que cette résolution
prise par le roi d'écraser toute rébellion, rencontre devant
elle l'ambition inquiète de son fils et lutte contre cet
obstacle domestique jusqu'à ce qu'il l'ait vu disparaître.

D. Carlos, dans ce drame, souffre de n'être pas admis
aux conseils et au service de son père; il veut de la
gloire, et on lui défend d'en acquérir; petit-fils de
Charles-Quint, on le retient oisif, on l'empêche de vaincre à la guerre comme l'a fait son illustre aïeul. « Triste,
» seul, sans emploi, s'écrie-t-il (3), je sens, nouveau
» Prométhée, ma poitrine déchirée par les serres du désir.
» Être si grand, et être si peu de chose ! Mourir de soif
» aux bords de l'eau que je vois et que je touche ! Cela
» me tue, cela m'humilie, et je crains d'en devenir fou ».

C'est en effet une folie chez ce jeune homme ; car il ne
sait ni conduire une armée, ni administrer un royaume,
et si on lui demandait comment il entend acquérir de la

(1) Consultez sur D. Gaspar Nuñez de Arce, l'article du regretté L. Lande
(*Revue des Deux-Mondes*, 5 mai 1880).

(2) Cet auto-da-fé eut lieu à Valladolid le 8 octobre 1559; l'hérétique
était Domingo de Roxas, évêque de cette ville. V. Rossew-Saint-Hilaire,
t. VIII, p. 96-97.

(3) *El haz de leña*, acte II, sc. v (p. 422 des *Obras dramaticas* de Gaspar
Nuñez de Arce; Madrid, 1879).

gloire, il serait fort embarrassé de le dire. Quelle politique suivrait-il, s'il était le maître? « Il arrêterait, dit-il [1], » les horreurs de l'Inquisition ». Et pourquoi? en vertu d'opinions raisonnées, d'idées libérales ou d'un penchant vers l'hérésie? Nullement, mais à cause d'un souvenir qui lui est resté. Enfant, il a jadis assisté avec son père à l'auto-da-fé de Valladolid, où fut prononcé le mot terrible sur le *fagot de bois*. Il raconte cette fête donnée par l'Inquisition, et son récit est un vrai chef-d'œuvre [2]; on y reconnaît ce style sobre et pur, ces détails naturels, saisissants, heureusement choisis qui placent si haut M. Nuñez de Arce parmi les poètes lyriques et narratifs. Mais ni avant, ni après ce passage, D. Carlos ne parle de l'Inquisition; les souffrances de l'humanité le touchent peu; elles le charmeraient même si elles lui donnaient quelque renom; et quand il annonce au comédien Cisneros, son confident [3], ses projets de campagne : « La » pièce sera belle, lui dit-il [4]; rien que d'y penser, la » joie de Satan me transporte. Il y aura dans mon drame, » si mon espérance se réalise, de tristes soupirs d'agonie, » des cris rauques de vengeance, et un imbroglio, et une » lutte, et dans la lutte beaucoup de sang, beaucoup, » beaucoup... Quelles péripéties! quelles scènes étran- » ges! — Mais où donc? demande Cisneros. — Tu » ne le devines pas, imbécile? — Seigneur... — En » Flandre », dit le prince; et il sort à demi égaré, faisant éclater un rire sardonique.

Le malheureux est pressé d'agir, n'importe en quel

---

[1] *El haz de leña,* acte II, sc. VIII, p. 433.

[2] *Ibid.,* acte II, sc. VIII et IX (p. 433-437).

[3] L'histoire nomme en effet un certain Cisneros, comédien, persécuté par le cardinal Espinosa et défendu par D. Carlos. (V. Lafuente, *Hist. gen. de Esp.,* t. VII, p. 168.)

[4] *El haz de leña,* acte I, sc. XI, p. 411-412.

sens, pourvu qu'il agisse et qu'on parle de lui. Vainement une personne qui voudrait le sauver de son propre délire, lui remontre-t-elle que l'agitation lui convient peu : « Aux gens de bas étage, dit-elle ([1]), on pardonne de se » remuer ainsi, parce que la carrière est longue et la vie » courte; mais vous, vous dont la main est sur le point » d'atteindre à la plus haute puissance humaine!... » — Plus je la vois près, dit Carlos, plus j'ai hâte d'y » arriver. — Mais vous y touchez presque! — Lucifer » n'aurait pas eu d'ambition s'il avait été moins près de » Dieu. — Mais il expia cruellement son orgueil. — Et » depuis quand la chute diminue-t-elle la grandeur de la » tentative? Lucifer est tombé, c'est vrai; mais il est » tombé si grand que, pour enfermer sa méchanceté, » Dieu a dû créer une immensité nouvelle, celle de » l'abîme. » Et comme la même personne insiste avec douceur pour calmer cette furie d'orgueil et d'ambi- tion, l'infant, touché de si affectueux efforts, se recon- naît malade et moralement débile. « Hélas! dit-il, que » ma peine doit être grande puisque ta voix n'apaise » point cette tempête de l'âme! Je ne sais quel charme » elle exerce sur moi, et je l'écoute avec un saint recueil- » lement; mais comment me vaincre? je lutte sans » forces; je n'y parviens pas.

> » Mas como vencerme? Lucho
> » Sin fuerzas... No puedo tanto ! »

Et peu de temps après, recevant les envoyés de Flan- dre, il se remet à frémir d'impatience ([2]) : « Partons, dit-il. » — Mais le roi soupçonne vos desseins, » objecte un des ambassadeurs. « — N'importe! Qu'en peut-il arriver? » — Il les renversera. — Il est trop tard.... D'ailleurs le roi » croirait que je recule, et je ne veux pas qu'il le pense.

([1]) *El haz de leña,* acte II, sc. v, p, 424-425.
([2]) *Ibid.,* acte II, sc. VIII, p. 431.

» Moi, je ne renonce ni ne cède ; cette nuit même, par-
» tons, à minuit. »

En des mains si folles, si fiévreuses, l'entreprise ne
peut qu'échouer ; et à vrai dire, le spectateur n'en
craint ni n'en désire la réussite. Les réclamations du
prince nous toucheraient si elles étaient justes ; si son
père s'était obstiné, par jalousie de pouvoir, par sévérité
excessive, à lui refuser toute entrée au conseil et toute
part au gouvernement ; mais dans une scène avec son
fils, le roi répond très bien à ces reproches : « Il est
» regrettable, lui dit-il (1), que votre intelligence n'ait
» pas le vol aussi haut que son ambition. Vous voulez
» des gloires militaires ? allez, et conquérez l'Europe
» avec votre troupe aguerrie d'histrions et de jongleurs,
» avec cette *cuadrilla* qui vous accompagne en tous
» lieux, et qui est la honte de l'Espagne et le scandale
» de la ville. Vous dites, vive Dieu ! que je vous éloigne
» de moi. Mais à quoi sert dans le conseil un prince
» comme vous, qui lâchant la bride à sa colère, poursuit,
» poignard en main, le cardinal Espinosa ? — Je dois
» venger mes injures, s'écrie Carlos. — Par Dieu ! vous
» vous trompez de chemin, reprend le roi ; êtes-vous
» assassin, ou prince des Asturies ? Toujours livré à l'a-
» venture et toujours rebelle au devoir, vous ne savez
» pas obéir et vous n'êtes pas digne de commander. —
» Eh bien ! faites ce qui vous convient, répond Carlos
» furieux ; je suis prêt à tout. Je sais que le ciel m'a
» donné un tyran pour père. Que la loi tombe sur moi ;
» je ne la crains pas. »

Mais Philippe, s'approchant de lui avec une colère
concentrée, et dans sa main d'homme fait et d'homme
énergique serrant cette main d'adolescent maniaque jus-

_____

(1) *El haz de leña*, acte I, sc. IX, p. 407-409.

qu'à le forcer de tomber à ses pieds : « C'est ainsi que tu
» m'insultes, malheureux? lui dit-il; à genoux! Ce n'est
» plus le père, mais le roi qui te parle. Peut-on concevoir
» une telle audace? Si j'étais un tyran, où serait la main
» qui a écrit ces papiers? » (Il lui montre les lettres
envoyées par le duc d'Albe.) « Ainsi tu élèves et soutiens
» la gloire de tes aïeux, protecteur des traîtres, défen-
» seur des hérétiques? Regarde, si tu le peux, la fausse
» voie où tu es entré; regarde ces lettres recueillies sur
» l'échafaud. Si tes perfides suggestions restent encore
» secrètes, tu ne le dois pas au monarque, mais au père
» que tu outrages. Si tu persistes, fou audacieux, dans
» ta méchanceté, si tu te crois impuni parce que tu es né
» de mon sang, je saurai, quoi qu'il m'en coûte, verser
» ce sang même; oui, je le verserai, fût-il celui qui coule
» dans mes propres veines. — Seigneur..., murmure
» D. Carlos atterré. — Pour la dernière fois, reprend
» Philippe, ma voix t'éclaire et t'avertit. Malheur à toi si
» le père devient un juge! »

D. Carlos, resté seul, se relève lentement et reprend
tout ensemble ses forces et sa folie (¹). « Mon plan est
» découvert, dit-il, et il me harcèle, il me menace! Non,
» non, il ne connaît pas son fils, puisqu'il ne m'a pas tué
» à ses pieds. Moi, vivre enchaîné? Le croire est une chi-
» mère. Oh! je voudrais lui rendre la vie misérable qu'il
» m'a donnée. » Et résolu à mourir plutôt que de plier,
D. Carlos se concerte, comme nous l'avons vu, avec les
Flamands. Philippe assiste, invisible, à ce complot, et à
peine sorti de sa cachette, donne ordre qu'on arrête
Berghen et Montigny, les deux envoyés des Pays-Bas (²).
« Qu'en une prison obscure... », suggère le prince d'Éboli.
Mais Philippe, secouant la tête : « Ils pourraient me don-

(¹) *El haz de leña,* acte I, sc. x, p. 410.
(²) *Ibid.,* acte II, sc. xi, p. 439-440.

» ner la guerre, s'écrie-t-il. Quatre pelletées de terre sont
» la plus sûre prison. Ils m'ont blessé jusqu'au plus pro-
» fond du cœur. Je les condamne à mort. — Mais,
» seigneur... — Taisez-vous; il n'y a plus pour eux de
» place au monde. »

Quelques heures après, D. Carlos lui-même est arrêté
dans sa chambre par son père (1). Tout se passe ici presque
comme dans l'histoire. Le prince troublé s'écrie : « Que
» veut Votre Majesté, me tuer ou me prendre? — Je ne
» veux pas vous tuer, répond le monarque avec calme.
» — Je ne demande pas la vie, reprend D. Carlos en
» se jetant à terre; ce serait trop lâche. Donnez-moi la
» mort; cette existence misérable me pèse. — Calmez-
» vous, dit le roi; tout ce que je fais est pour votre
» sûreté; songez à ce que vous êtes et restez tranquille. »
Puis il commande de saisir toutes les armes, tous les
papiers qu'on trouvera chez le prince et de condamner
dans tout l'appartement les portes et les grilles.

Certes le monarque qui parle et agit avec cette rigueur
inspire plus d'effroi que d'amour, on peut même juger
atroce l'arrêt qu'il porte sur les deux envoyés de Belgi-
que; mais il n'en vient là que par degrés, et lorsqu'on le
voit, au premier acte, entouré de prêtres qui lui conseil-
lent d'étouffer l'hérésie dans le sang (2), lorsqu'on le voit
personnellement convaincu que la religion est le seul lien
de son vaste empire et que l'Espagne est perdue si elle
laisse outrager son Dieu (3), on se demande comment un
roi espagnol du XVI° siècle aurait pu, en effet, penser
autrement, et si Philippe II, implacable par devoir envers
son fils égaré et dangereux, n'acquiert pas à nos yeux
une certaine grandeur.

(1) *El haz de leña,* acte III, sc. XI, p. 470-471.
(2) *Ibid.,* acte I, sc. I, p. 390-394.
(3) *Ibid.,* acte I, sc. VII, p. 403-404.

Mais alors il faut que ce devoir lui coûte et que par moments le spectateur se dise : Philippe II sera-t-il implacable jusqu'au bout comme il se croit obligé de l'être? D. Carlos n'étant soutenu ni par son talent, ni par les conseils d'un homme supérieur, ni par un principe élevé, ni par un grand parti existant à Madrid, ni par la discrétion même de ses confidents, l'issue de la lutte entre lui et son père n'est pas incertaine, à moins que son père ne l'aime assez pour sentir chanceler sa cruelle constance.

Le poète l'a bien compris, et plus d'une fois, dans les trois premiers actes, il nous montre le roi ému et même pleurant d'avoir trouvé un ennemi dans son fils (1). Malheureusement les paroles qui expriment cette douleur sont moins attendrissantes que les autres ne sont terribles, et quand Philippe II verse des larmes, nous ne nous sentons pas assez contraints de pleurer avec lui.

Dans les deux derniers actes, la tristesse augmente; le roi souffre davantage et pourtant s'obstine à obtenir de son fils un *humble aveu* (2). Selon lui, son autorité est perdue, ses royaumes en péril, Dieu lui-même offensé, si D. Carlos ne se reconnaît point coupable, ne se repent point et ne demande point grâce. Mais l'infant ne cèdera jamais, et tout en abhorrant sa captivité, il refusera de s'humilier pour en sortir. Quand son père lui envoie des juges (3), il les récuse, et puis, prenant la plume, il écrit à Philippe qu'il a conspiré, que, las d'un joug odieux, il a tenté de fuir, et qu'il y songe encore et qu'il vit dans cette pensée. Le roi déchire la lettre « ne voulant pas, dit-il (4), que

---

(1) *El haz de leña*, acte I, sc. v, p. 400; sc. VIII, p. 405.

(2) *Ibid.*, acte IV, sc. VIII, p. 494, et sc. XI, p. 498-502.

(3) Un tribunal présidé par le cardinal Espinosa, grand-inquisiteur, commença, en effet, à instruire le procès du prince. V. Rossew-Saint-Hilaire, t. VIII, p. 401, et Lafuente, t. VII, p. 172-173.

(4) *El haz de leña*, acte IV, sc. VIII, p. 494.

l'histoire la retrouve jamais », et il vient lui-même parler à son fils, lui pardonner, pourvu qu'il dise : je me repens. D. Carlos se raille d'une clémence offerte à un malheureux qu'on tient en prison. « Laissez-là votre pitié, » dit-il (¹); je ne désire rien. — Tant d'orgueil coupable » rend le pardon impossible. — Eh bien! seigneur, est-ce » que je vous le demande? Que voulez-vous de plus? » je me livre à votre justice; je suis vaincu; faites de » moi ce que vous voudrez; je saurai souffrir la mort; » mais m'humilier! mais prier! mais succomber à la » crainte du péril! moi, petit-fils de rois et d'empereurs? » jamais! Ce serait vous déshonorer, vous et toute ma » race. »

Vainement Philippe croit le dompter en lui disant : « Vous n'avez personne qui vous soutienne; vous êtes » isolé, tout vous abandonne. — C'est vrai, répond » Carlos, et tout le monde m'a menti. Et je ne peux pas » me venger!... Avec quel plaisir je verrais l'univers s'abî- » mer! Je suis captif, et ma rage désespérée ne peut rien! » — Silence, lui crie Philippe, conscieusement cruel; » silence! je vous abandonne. Que Dieu ne permette pas » qu'un royaume chrétien reste exposé à de si farouches » délires! — J'étouffe, dit Carlos, suffoquant de colère. » — Mourez, reprend le père impitoyable, mourez, si » vous devez être un tyran ! »

Mais déjà, depuis qu'il n'est plus libre, l'infant orgueil- leux et fou veut mourir. Il se couche sur de l'eau glacée, il court, la nuit, presque nu, sur des pavés froids (²); il se livre à tous les excès; il se rend malade et il s'en réjouit; la mort va le délivrer de sa prison, de sa peine et des efforts qu'on tente pour le soumettre.

A mesure qu'il approche de la fin, il se calme; il

_____

(¹) *El haz de leña*, acte IV, sc. XI, p. 590-502.
(²) *Ibid.*, acte IV, sc. III, p. 485.

demande même à voir son père ([1]); il ne connaît plus ni ambition ni révolte; il peut se réconcilier avec tout le monde, puisque étant bien sûr de mourir, on ne dira pas que la peur du supplice l'a fait agenouiller. Ses derniers moments sont poétiques et doux; la beauté lyrique et élégiaque du vers espagnol s'y déploie à l'aise dans les adieux au soleil couchant qu'il ne verra plus, à la vie qu'il a si mal prise, à l'amour qu'il a négligé pour l'ambition ([2]). Lorsque Philippe arrive, D. Carlos va expirer ([3]). Les grands veulent retenir le roi et lui dérober ce triste spectacle; mais il les écarte, s'élance vers son fils, et après avoir reçu sa demande de pardon, « Meurs en paix, » lui dit-il, et Dieu te bénisse comme je te bénis »; enfin, quand l'âme du prince s'est exhalée, levant les yeux au ciel : « Tu me l'as donné, murmure-t-il, tu me l'as ôté. » Mot parfaitement vrai et digne de Philippe, mais qui nous toucherait davantage si nous étions plus sûrs que le cœur du père a saigné.

Cette mort de D. Carlos soulage presque, tout en attristant. Avec ses instincts mal équilibrés, il était de trop en ce monde; et Philippe II, persuadé qu'il a fait pour le redresser tout ce que lui dictait sa conscience, pourra penser à lui sans remords, quoique avec le regret d'avoir eu un tel fils. D'un bout à l'autre de l'œuvre, les deux caractères se sont bien soutenus et développés, mais on les jugera peut-être plus curieux que sympathiques.

Tout en suivant de fort près l'histoire, l'auteur, avec quelque raison, ne l'a pas trouvée suffisante pour nourrir à elle seule l'intérêt du drame; il y a donc mêlé un roman. Cisneros, comédien et favori du prince, serait le fils du

([1]) *El haz de leña*, acte V, sc. III, p. 515.
([2]) *Ibid.*, acte V, sc. III et IV, p. 516-521.
([3]) *Ibid.*, acte V, sc. V, p. 521-522.

duc de Sessa (¹), hérétique brûlé publiquement à Valladolid et auquel Philippe II aurait dit devant toute sa cour : « Si mon fils était comme toi, je *porterais un fagot* pour le brûler ». Voulant venger son père, Cisneros pousse Philippe II à *porter le fagot* et à perdre D. Carlos, vengeance monstrueuse, puisqu'elle tombe immédiatement sur un jeune prince dont Cisneros ne reçoit jamais que des faveurs. Quant à sa sœur Catalina, elle aime D. Carlos, cherche à le sauver, lui donne de sages et inutiles conseils, et sans modifier en rien la marche du drame, elle adoucit l'horreur des derniers instants. Son dévouement et son discret amour sont pleins de charme; et cette voix de femme est absolument nécessaire à l'harmonie lyrique des adieux de D. Carlos.

De toutes les œuvres que nous venons d'analyser, deux seulement peuvent aujourd'hui se lire avec un plaisir profond et rarement troublé : celle de Schiller, riche de hautes pensées, de rêves généreux et de situations pathétiques; celle de Nuñez, moins dramatique et moins abondante, mais beaucoup plus *vraie*.

Entendons-nous pourtant sur le sens de ce dernier mot. Le D. Carlos de Nuñez est voisin de l'histoire, mais ce n'est point le D. Carlos *réel*; celui-là n'aurait excité aucune sympathie; il n'aurait même pas été poétique, et par conséquent M. Nuñez ne pouvait le peindre; car si cet écrivain ose négliger parfois quelqu'une des conditions essentielles du drame, il sait du moins, dans tous les sujets qu'il adopte, trouver ou créer la *poésie*.

(¹) Il y eut en effet un Carlos de Seso, une Léonor de Cisneros et même deux fils d'un marquis de Posa brûlés par l'Inquisition; mais ce n'est pas à eux que la fameuse réponse fut faite. V. Rossew-Saint-Hilaire, t. VIII, p. 95-97.

Bordeaux. — Imp. G. GOUNOUILHOU, rue Guirande, 11.